等于鸟鸣

陈宝全 著

敦煌文艺出版社

图书在版编目（CIP）数据

等于鸟鸣 / 陈宝全著. -- 兰州：敦煌文艺出版社，
2020.8(2022.1重印)
 ISBN 978-7-5468-1949-5

Ⅰ.①等… Ⅱ.①陈… Ⅲ.①诗集－中国－当代
Ⅳ.①I227

中国版本图书馆CIP数据核字（2020）第156716号

等于鸟鸣
陈宝全 著

责任编辑：李 佳
封面设计：孟孜铭

敦煌文艺出版社出版、发行
地址：(730030)曹家巷1号新闻出版大厦
邮箱：dunhuangwenyi1958@163.com
0931-8152198（编辑部）
0931-8773112 0931-8120135（发行部）

三河市嵩川印刷有限公司印刷
开本 880 毫米×1230 毫米 1/32 印张 8.5 插页 2 字数 70 千
2020 年 9 月第 1 版 2022 年 1 月第 2 次印刷
印数：1 501~3 500 册

ISBN 978-7-5468-1949-5
定价：50.00 元

如发现印装质量问题，影响阅读，请与出版社联系调换。
本书所有内容经作者同意授权，并许可使用。
未经同意，不得以任何形式复制。

又轻又美的鸟鸣

周所同

静宁有几位诗人朋友,借工作之便,我曾去那里拜访过他们,其中一位就是这部诗集的作者陈宝全。约略记得去静宁的路上,要翻过许多坡梁沟壑和山峰,其中就有著名的六盘山。至于静宁在六盘山下哪个方位,我这个地理盲说不清楚,反正在北京的西边,拿陈宝全的话说:北京虽然繁华,又是首都,对静宁而言还是太远、太偏僻。他的话智慧而机敏,除了说出对故乡的深爱之外,细想去,另有更深刻的含意:尤其是诗人,看待物事的出发点和方法论,绝对异于他人。他坚持和恪守的位置,认知或体察世界并及物的意愿,包括探幽并发现诗生成的秘密,都与自我的确立有关。换言之,循规蹈矩者不是诗人,不敢逆向行走的不是诗人,混入人群就丢掉自己背影的更不是诗人。由宝全诗人一句戏谑之语,我说这么多,可能有些过度解读,但道理不谬。应该说,陈宝全是找见并确立了自己位置的诗人,为诗的姿态和向度也清晰可见,其诗的风格和美学追求已呈现气象,正如他诗集的名字《等于鸟鸣》一样,那又轻又美的感觉弥散开来,像晨雾、烟岚、草叶上的露水,更像一条清澈的溪水,携带着一河游鱼、水草、卵石和两岸野花奔跑，这是那种引人迷恋，甚至陶醉的美，诗人轻声细语说出来之后，就隐身了，不管了，又忙他的去了。

在每个读者和诗人心里，对诗都有自己的解读，若能照着自己的理解或认知去写，即是诗人寻找自己并遇见自己的过程。这个过程复杂而漫长，我说不太清楚，从这个角度去想，方能理解诗人的不易。因此，诗与诗人是共生共长共同独立存在的，稍有偏离，则会从根本上丧失艺术的象征意义。陈宝全是个内心锦绣之人，他敏感、细腻、神思缜密，而一旦举杯，便释放出西北之人的豪放、粗犷和豁达，这是他性格的双翼，打个比喻，他写诗的秘密，小一点是蚂蚁的，大一点则是老虎和豹子的。尽管，他把自己的诗定位于相当鸟鸣，说明他找到了自己的声音，并偏爱这种纯粹的声音，但我隐隐觉得他有意无意地克制了一些什么动静，或者说，这部诗集的审美倾向和艺术追寻，只是阶段性的，一定还有许多未来得及释放的能量蕴藏其心，所以，我的期待是有理由的，相信用不了多久，在继续听到他又轻又美的鸟鸣时，一定会有另一种声音振翅而来，这不应怀疑。

就一首诗的构成而言，尤其是宝全这样的精短抒情诗，似乎更有难度，更需要才情和节制的表达功力。它的内容具体而虚幻，往往体现在造境的氛围；它的语序及气息，更在意形象转换时突出的音律与节奏。而诗中的意义和应达到的境界，力戒教化，代之以不动声色的暗示和隐喻。他的不少诗几乎都是因不同而暗自生长出来的，也就具备了审美的意义和文本的精神。比如《沙井》一诗，从拦不住的栅栏到把人隔在远方的栅栏，其意味充沛、耐得深想，最后两句中鸟请马送，却有心远的自僻的境界;《苏泊罕草原》我没去过,但这首诗带我去过了,从迎面而来的第一句,到安静、寂寥的最后一句,在仅有七行的短章里,展现出一片生动、鲜活、传神的大草原,殊为难得;《枣园》是革命圣地,多有人写过,惯见的陈词滥调惹人嫌,宝全只看到旧物件上的光芒,并下了一场新的小雨,就举重若轻地完成了一首大题材;《过凉州》《扁都口》《月牙泉》《阳关》,这些西行路上的关隘、景物,古往今来触动了多少诗人的幽思或伤感,路过这些地方的宝全诗人,有了自己的发现,并写下与他人区别的诗,其行吟的背影有点瘦削,但还是被我看到了;《旋涡纹彩陶瓶》和《堆贴星月纹陶缸》,是两首睹物怀古之诗,表达、演绎得充沛、完美且极具想象力,在短到不能再短的篇幅里,他把两件古陶器端到大家面前,那些文饰和彩绘依然鲜活、动人、传神,要擦去这些历史的蒙尘,还原古陶的艺术魅力,不是谁都可以做到的,恕我猜想,他一定痴迷古物件,一定是个具备了善思、冥想,甚至常常突发奇想的诗人了。在这部诗集里,还有为数不少的,与故乡有关的亲情类作品,比如《老衣》《姨兄》《悬镜湖》《李家山,秋日》《静宁秦长城》《伏羲生》等,在他视野所及之处,其接纳、包容、凝注的人、事、物、象,一旦入诗,无不打上他个人的印记,闪烁着人性温暖的光芒,发出又轻又美的声音。

  诗人一生除了不断地寻找自己,还要努力提高并具备一种能力:就是能把日常生活情感上升为一种审美情感,这是诗与非诗的分界线,更为复杂的是,具体到每首诗,都有各自生成的秘密,不能一概而论。所以,那些被人看见并一眼就能认出背影的诗人,其区别的力量实在难能可贵。宝全的作品正稳步走在这条路上,他的审美取向与他的个性是一致的;语言功力和结构一首诗的手段是多样的；个人情感与诗中的意绪是和谐的；他似乎还有一种借力打力的本事，具备了搬动沉重东西的巧劲。这都是一个优秀诗人必备的要素，是完成了日常情感到审美情感转换后的结果，而这种转换还可分出许多层次，他居于哪一层？不好界定。我们听到他轻松有力的步伐，对他的期待就更有信心。

　　按惯例，是要提点建议的，虽然格式化或老套八股，若不说，难免有敷衍之嫌。从更高的意义上讲，艺无止境，人们敬畏艺术的原因正在这里。不妨这样说，宝全的语言已是有意味加有意义的语言，如果二者适当碰撞，说不定什么时候会产生一种超验的语言。他的多数作品多以物启，即由形象带入情感，以情感渗透爱或美，如果多一些变化，如果以智慧的方式入诗，是不是为诗平添一些表达方式，诗或许会变得更厚实、更耐读、更接近认知的可能？哈！我又犯了好为人师的毛病，赶紧打住！先省略掉几百字，容我抽支烟，没有说完的话留待日后见面时私聊，不能让静宁的李满强、李小树之流听见，否则，他们让你请客、发红包，我可不管，拉杂絮叨这么多，仅供一笑，老年人话多，原谅我吧。

2019.4.24 于北京

目 录

第一辑：云游之心
 地图上的中国 / 3
 两个湖 / 6
 沙井 / 7
 苏泊罕草原 / 8
 锡尼镇小憩 / 9
 鄂尔多斯 / 10
 成陵 / 11
 枣园 / 12
 杨家岭 / 13
 过凉州 / 14
 扁都口 / 15
 赛汗塔拉草原 / 16
 玉门 / 17
 月牙泉 / 18
 敦煌 / 19
 阳关 / 20
 星星峡 / 21

六盘山 / 22

短章：将台堡 / 23

西吉的枸杞红了 / 24

石舍香樟 / 25

富春江 / 26

唐诗桐庐 / 28

钓台 / 29

窑头镇 / 31

我想在兰州谈一场恋爱 / 33

一条黄河天上流 / 35

草图：可克达拉 / 36

甘南 / 38

带走卓尼的最好方式 / 39

临潭 / 41

丘北 / 43

猫猫冲村的落日 / 44

普者黑湖 / 45

舍得草场 / 46

羊雄山 / 47

夜过梭磨大峡谷 / 48

嘉绒锅庄 / 49

卓克基土司官寨 / 50

西索村 / 51

松岗天街 / 52

直波石碉 / 53

毗卢遮那圣山 / 54

阿坝黄河大草原 / 56

若尔盖九曲黄河第一弯 / 57

扎尕那 / 58

腊子口 / 59

铁尺梁 / 60

过砀山 / 61

钱塘江 / 62

安吉茶园 / 63

石板岭竹林 / 64

从百草园到三味书屋 / 65

瓜渚湖 / 67

京杭大运河 / 68

圆明园 / 69

在天安门和老人视频 / 70

第二辑：黄土敲门

禾纹曲腹陶盆(仰韶) / 75

旋涡纹彩陶瓶(仰韶) / 76

堆贴星月纹陶缸(仰韶) / 77

交叉方格纹彩陶罐(仰韶) / 78

蚕节纹青玉琮(齐家文化) / 79

双耳扁足陶鬲(寺洼文化) / 80

触角式铜剑(战国) / 81

铜马衔(战国) / 82

陶响铃(战国) / 83
"帛美禾大"半瓦当(秦) / 84
"成纪容三升"陶罐(汉) / 85
绳纹板瓦(汉) / 86
绿釉蛇首陶勺(汉) / 87
红陶楼房(汉) / 88
绿釉熊柄灯(汉) / 89
"大富大贵宜子孙"铃(汉) / 90
谷纹青玉璧(汉) / 91
青玉环(汉) / 92
绿釉陶井(汉) / 93
石刻佛像碑(北魏) / 94
乐女引箜篌饰件(唐) / 95
青玉钗(唐) / 96
人物故事图纹铜镜(宋) / 97
"舂米图"彩绘砖(宋) / 98
二人推磨图彩绘砖(宋) / 99
力士莲座(宋) / 100
霍县窑白釉高脚盏(元) / 101
龙泉窑青釉刻花云纹碗(元) / 102
白釉瓷碟(元) / 103
宣德双辅首鼎形铜炉(明) / 104
黑白双釉深腹碗(明) / 105
观音菩萨铜坐像(明) / 106
青花山水图瓷碗(明) / 107

青花冰裂牡丹纹瓷碗(清) / 108

蝶形五彩瓷碗(清) / 109

古墓砖雕 / 110

第三辑：生命之侧

元宵节 / 115

致自己 / 116

城中寒食 / 117

这些,我都无法还给你了 / 118

望着小时候的自己 / 120

把你的快乐藏起来 / 121

指纹上有一条河 / 123

向唐朝深处走去 / 125

风摇不醒他了 / 126

下午茶 / 128

暮色中的父亲 / 129

父亲的枕头 / 130

父亲的果园 / 132

睡莲花开 / 134

斗室有莲 / 136

对母亲的一次观察 / 137

老衣 / 139

场边上的老婆子 / 141

一夜呼噜 / 142

风把人间吹凉了一半 / 143

我的同学怡占峰 / 144

晚间功课 / 146

奔跑的心 / 147

晨练的老头 / 148

星光取走了她舌尖上的盐 / 149

爱酒之人 / 151

每片梧桐叶上坐着一个孩子 / 153

你应该醒着 / 155

无可奈何 / 156

姨兄 / 157

阳光下 / 159

第四辑：静宁笔记

伏羲生 / 163

伏羲画卦 / 164

女娲补天 / 165

静宁秦长城 / 166

阿阳县 / 167

南成纪北阿阳 / 168

汉出李广 / 169

德顺军与陇干县 / 170

南使城 / 172

静边大战 / 173

建武二年饥荒 / 174

海原大地震 / 175

左宗棠过静宁 / 176

于佑任寻舅氏 / 177

虫王刘锜 / 178

静宁来由 / 179

成纪移显亲 / 180

成纪榷场 / 181

马圈山 / 182

文屏山 / 183

悬镜湖 / 185

鞍子山峡 / 186

威戎 / 187

照世坡与一锨土 / 188

周岔戏楼 / 189

扯弓塬与箭眼峡 / 191

广爷川与仁当川 / 192

阳坡 / 193

飞地双庙 / 194

金羊沟 / 195

刘川大桥 / 196

葫芦河 / 197

第五辑：纸上家园

早春二月 / 201

春日，李家山 / 202

回家 / 204

哦,苹果 / 205

重构一个村庄 / 206

小桃林 / 208

暗香 / 209

红土沟 / 210

苔藓 / 211

篮子里的哭声洒了一路 / 212

风把草的哭声吹散了 / 213

藏在黑里的白 / 214

那一片云急哭了 / 215

小雨天 / 216

西山上的苹果 / 217

起名 / 218

苹果事件 / 219

李家山,秋日 / 220

花椒红了 / 221

黑狗 / 222

槐树 / 223

菜园 / 224

几只闲鸟 / 225

雨天 / 226

月戏人间 / 227

想起一只老鼠 / 228

蚂蚁觅食 / 229

大地后宫 / 230

就在今夜 / 231

秋天的果园 / 232

羊产下羊羔 / 234

苹果上的名字 / 235

中秋夜 / 237

所有的光正弃我们而去 / 238

秋风漫过 / 239

草色渐黄 / 240

深秋之夜 / 241

想念一种鸟儿 / 242

秋日漫长 / 244

风遇上醉汉 / 245

三十年前的一个晚上 / 246

此刻,我想变成一只鸟 / 247

乡村秘密 / 248

露天电影 / 249

蓝蓝的天 / 250

碌碡 / 251

西湾寄意 / 252

我看见了黄土下面的村庄 / 254

后记 / 256

第一辑

云游之心

地图上的中国

摊开一张中国地图
三十四个兄弟晒着太阳

这个时候
鸽子应该飞过了天安门
有人在另一个星球看见了长城
这古老的栅栏
五岳山中有最高的信仰
和最好听的鸟叫
黄河叠加在长江身上
压出一条好看的曲线
飞机、轮船、地铁
有序地运送着故乡和远方
秦岭在想些什么？
山冈、树林、溪流
我深爱的事物正茂密生长

台湾孤单地搁在海上

也许只是为了让祖国
一低头就能看见

对折地图
三十四兄弟见了面

南方的树木
把根扎进北方的沙漠
北方的石头
泡在海水里悄悄发芽
青海湖，一滴蓝色的露水
爬上了喜马拉雅山
鱼群骑上马背在草原奔跑
那么多浪花涌来就为看一眼敦煌
西南的花粉擦在西北牧羊人脸上
东南插秧的人一抬头
闻见了东北的葱香

卷起地图
三十四个兄弟抱在一起

甘肃一咳嗽
宁夏伸出温暖的手掌
新疆和西藏互为脸庞
湖南和湖北人
看见风把洞庭湖打扫了一遍

河南和河北互换手里的粮食
山东和山西为太行山插上翅膀
广东和广西一起进入梦乡
成都的影子落在重庆
延安窑洞里信天游敲着门窗

万家灯火正把祖国照亮
我猜，那些走失的孩子
比如台湾。此刻
应该静卧在祖国心上

两个湖

丽景湖,不会翻过贺兰山
去看望星海湖
两个湖的芦苇荡也不相往来

但它们都有很多相似的地方
比如清澈的心、鱼的飞翔
月的淡妆浓抹,云的徜徉
栖息繁衍的星辰,挽手起舞的水草
……

一个湖,是一群人的孤独
大大小小的湖是分散各地的孤独
星海湖是石嘴山人的孤独
除了沙湖,丽景湖是银川人的另一个孤独

我的心上,还空着一个湖的位置
望着远方,我动了动身体里鱼的翅膀

沙井

栅栏拦不住羊的眺望
拦不住草的葳蕤
却把几户人家隔在了远方

喝一场酒,得派一只鸟去请
醉倒了,得一匹马去送

苏泊罕草原

仿佛马是静止的,草场在后退
草在飞,花儿在飞,羊在飞
如果站得远一些,你会看见
一只鹰叼着一片绿毯在飞

牧羊人怕羊儿掉下飞毯
惊慌地呼唤,那一朵一朵的云
和羊混在一起,就不应声

锡尼镇小憩

在这里,所有的树都朝南长着
三根木棍硬撑着油松的命
每一片杨树叶上有两股战斗的风
南风抵不过北风

南向北看,它们集体向大地鞠躬
北向南看,像摆好了逃离的架势

一群低头啃柠条的羊,不言不语
管它身在内蒙古,还是宁夏
管它南风柔软,还是北风强悍

鄂尔多斯

是什么,让我难以入睡
蒙古长调,河套短调
还是蒙汉调?

是响沙湾唱歌的沙子
蒙古包里的奶茶
还是康巴什的灯光?

一个夜晚很长,数过了草场上的羊
还是不能入眠,接着数羊、煤、土、气
扬、眉、吐、气……
直到天色渐亮,梦还在黄河岸上

成陵

听不见了烈马嘶鸣
看不见了刀光剑影

高高的苏鲁锭立在风中
多少梦,望它而飞

九旗之上,骏马风中奔跑
没有了金戈铁马的雄心壮志
那些马背上的英雄,早已落地成花
无名无姓的花儿啊
偎在马蹄窝里,替谁忏悔?

放下套马杆,喝了马奶酒
落日快回,娘在山背后喊你入睡

枣园

我们走着走着就散了
一些去了宝塔山
一些去了清凉山
一些去了凤凰山
我在枣园,窑洞挨个坐着
旧物件闪着历史的光芒
小雨是新的,落在枣园
也落在三座山上

杨家岭

清晨的第一缕阳光
洒在杨家岭的时候
我正在延河边的小店里
吃下第一口枣泥饼
昨晚的小米还在胃里独自发光
我在想,阳光怎样从这里开始
照在窑洞上,纺线车上
羊肚子手巾上,青线线蓝线线上

过凉州

燕麦不是燕麦,玉米不是玉米
梭梭草不是梭梭草
……遍地都是葳蕤生长的经文

阳光刚好,马踏飞燕是假
一条青虫被鸟儿啄破胸膛
放了一个趺坐的菩萨是真

扁都口

油菜花香浓稠,压得我睁不开眼
一些光攒足了劲儿,使劲翻
一头黑牦牛从扁都口下来
郑重其事地告诉我:

扁都口这个老父亲
把一个叫民乐的小女儿留在身边
一个叫门源的大女儿嫁到了青海
想大女儿了,就从山丹马场牵一匹马
打发一只蜜蜂骑上去喊

赛汗塔拉草原

一张绿毯飞下马鞍
绣上松林九排,田鼠几只
马儿数匹,水池一座

几只乌鸦洗脸,洗掉了狼毒花粉
却洗不掉黑黝黝的兄弟情分

松林里的白蘑菇看见了
笑得上气不接下气
在它们眼里
裕固帐房里的柴鸡才算好看

玉门

春风到不了玉门,白杨能
排成列队,守护关口

只是这老白杨
被几间土坯房拖着后腿
拼了命也没能爬上祁连山

手握马鬃山,棒棒接力
这些白杨后生们充满西去的决心

月牙泉

风不打坐,雨不吐莲
黄沙之上,何以成眠

只好睁一只眼闭一只眼
遥看兄弟在长安把日子过得
或苦或甜

敦煌

凉拌沙葱、驴肉黄面
羊肉粉汤……带着党河水
罗布泊,北塞山的问候,热气腾腾

望着我的时候,石窟光线幽暗
佛逐一念着人的名字
这一刻,铁匠梦见了落日
刀刃梦见了羊羔,这一刻
骆驼草记起了张骞的马蹄声
这一刻,祁连山从敦煌伸长手臂
握了握黄河的手
……

这时候,头顶的云里包着好日子
鸣沙山的沙子骂天上的云
再不下雨,我跟上这个人去静宁发芽

阳关

无须关牒
一股西来的风
追着奔跑的沙子闯过关隘
绝尘而去

一朵不下雨的云
被贬关外
一簇一簇的红柳
急花了眼

星星峡

这里不适合万物生长
却有着人间最美的星空

敦煌与哈密
隔着一个晚上的距离

无须翻越,单耳贴墙
听见风悄悄地说:"哈密的瓜熟了"

六盘山

无须天梯
上了六盘山,高度正好

把天撕一道口子
抓两把星辰
一把东撒平凉
一把西撒静宁

两座城的灯火
隔着六盘山,相互打听

此刻,一个人要出平凉城
翻越六盘山,向西而去
你要不要捎一盏灯给静宁

短章：将台堡

远远地，看见将台堡
像黄土地上
一碗热腾腾的羊肉面片

远远地，看见将台堡
像一位老人，睁大眼睛
等着远道而来的亲人

走近了，遇见一个绾起裤腿
脚上带泥的人
就想和他靠着堡子，盘腿坐下

西吉的枸杞红了

看见枸杞红了
两只七星瓢虫抱在了一起

如果背上星淡一些
就是两颗健康的枸杞

几只鸟雀顾自啄一颗枸杞
红了唇。夏蝉看见万家灯火
向它而飞,收腹敛气,不复鼓琴

夜深人静,一鼠出洞
摘一红果,献于洞中娘子
"西吉的枸杞红了!"
娘子说:"君,何不多采撷。"

石舍香樟

划开薄雾,翻手
正好可以把石舍村掬在手上

树洞里的两只小鸟
是我儿时见过的
现在,它们放下了五谷之躯
翅膀和远方。像两片樟叶
静看山果自落

千年樟树,年轮里收下它们的羽毛
烟雨散尽,石墙上的蔷薇花
像开在我身体凸起的地方
时光静好,仿佛睡去
我想趴在樟叶上
做一只无名无姓的昆虫

富春江

如果北方的天空可以
豢养一湾江水
我何以来到富春江上

你看，山峦隐去，鸟落屏风
多年前的夜晚，睁开了眼睛
光与影在水上争宠。游轮所过之处
富春江有了跌宕起伏的心跳

星星跌落在江面上
似谢灵运、李白、白居易
……一个个着长衫重回桐庐
泛小舟推杯换盏
唯有黄公望，江中捞笔
为《富春山居图》添一笔
忽明忽暗的夜色

我坐船尾，小女子独立船头

越曲声声,摆不脱风的纠缠

却不知,她已经错过了出嫁的好时辰

唐诗桐庐

一条小溪爱上唐诗
便知这世上还有情事未了
一座高山爱上唐诗
自知江山再大,不如枕上桃红

江堤上,一女子吟诵唐诗
衣间暗香晃荡
放学了,几个小娃儿勾肩搭背
像几首唐诗挤在一起
叽叽咕咕。在桐庐

一个读唐诗的男人
放下仇恨,携酒徐行
他知道二月春早
小舟可植青菜,可小酌
逆流而上可到魏晋,听蝉鼓鸣

钓台

几十丈宽的江面
几十丈高的钓台
几十丈长的渔线

严先生披蓑衣
坐江边,一甩鱼竿
除了钓鱼,钓自己
还钓夕阳,钓圆月

只是"先生之风,山高水长"
还有泱泱江水,如何钓得

罢了,罢了
富春江边,炊烟生起
几处人家,可用目光远钓

一念间,想渡船过去
借一碗清水

洗了额上皱纹,租一片竹林
看云头,听来风

窑头镇

从猫身上走下来的光
柔软地坐在草坪上
从树叶上走下来的光
寻找失踪的鸟鸣

一束光
从瓷缸上滑下来
踢了马宇龙一脚
踢了马路明一脚
踢了郭晓琦一脚
踢了李满强和李新立两脚

走到英娜、奕璇、万万
小钰跟前,就顺从地伏下了

壶、钵、酒杯、瓷碗
坛子……从这些器皿里
走出的光

把一个叫窑头镇的地方
一口一口喂大

我想在兰州谈一场恋爱

那时候,爷爷在金城卖水
奶奶在喇嘛山等,就想
兰州应该有我家
我家也应该是这样的:

"门前有一条弯弯的河
不叫葫芦河,叫黄河
河上有座桥,不叫刘川大桥
叫中山铁桥"

当年我翻过华家岭到兰州上学
班上有个老金城的女生
我觉得她应该和我谈谈恋爱
一起去白塔山想想心事,五泉山
逗逗猴子,农民巷吃碗牛肉面
黄河边捡捡石子
遥望一下西固的炊烟
看水车把落日举起来又放下

看羊皮筏子把落水的星星送过岸

我说我爷爷卖水的钱糊了墙
她还是觉得我不像老金城的人
从此,我便退回了华家岭以东
直到后来,我和爱人特意去了兰州
让她和眉目慈善的黄河母亲
挨在一起拍照。铁桥就在近旁

"娘子请随夫君,过了铁桥咱入洞房"
"且慢,过了铁桥去东方红广场
喂喂鸽子"

一条黄河天上流

瞬间,雨滴如豆
从地面上蹿出来,万箭齐发

流上屋檐,又以磅礴之势
卷入乌云,阵风骤起
一场大雨倾盆天穹,此刻

天穹泛滥成灾,星辰淹没
一条黄河天上流,对它来说
只有落日浑圆,难以下咽

而大地安详,风和日丽
野花遍地,算我一朵可好?

草图：可克达拉

一

随手从天上取一片云
是不是可以做成一把都塔尔

月亮正照着可克达拉草原
夜再静一些，就能听见青草说话
"谁再学不会《草原之夜》
就拉出去喂羊"

二

清晨，稻子还在做梦
那拉提山过来掐了一把
黄昏，稻子昏昏睡去
科古尔琴山又伸手掐了一把

睡不好觉的稻子喊玉米

"我们去酿酒吧,伊力特"
葡萄听见了,偷偷酿了一坛红酒

三

两只甘肃的鹰
去了一趟可克达拉
看见紫色的美人痣
长在可克达拉脸上,好看极了

心潮澎湃地说
"我们去种薰衣草吧"
于是,衔几粒草籽,回了金昌

四

芦苇荡白茫茫一片
像离开多年,屯垦戍边的老兵
回到了可克达拉

他们发现:
可克达拉变了样,但20多条大小河流
见了伊犁河,还是要恭敬地问候:
"亚克西、亚克西"

甘南

天空准备好了
草原准备好了
河流准备好了
牛羊准备好了

你来,带上阳光和雨水
草就绿了,格桑花开
河流欢奔,牛羊出圈

运气好的时候
会碰上写诗的阿信
在草地上捡一筐星星
倒河里喂鱼

他说:飞雪四月
也叫春天

带走卓尼的最好方式

最好在喇嘛崖
取一块鸭头绿的老坑石

雕两棵马尾松
让洮河流过
也让北上抗日的红军经过

雕一片祥云
之上适合筑寺,就叫禅定寺吧
之下适合建府,叫藏王府
或者杨土司府吧
但都不能少了彩色经幡

山林间要有苫子房
不要多,若隐若现几座就好
最大的一块草地
留给头戴三格帽的藏家姑娘
跳锅庄吧

牛羊、青稞、油菜……
养人的东西，都不能带走

且记：这方上乘洮砚，不宜送人
适合风柔日暖的时候
细细端详

临潭

唐置临潭
相传县址临近水潭，故名。
——题记

太阳，踩着尕梁湾的梯田
上到山顶的时候
就可以看见洮水、迭山
兔儿石山、黑松岭了

2200年前，它就是这样看着
西汉迁徙的灾民在这里搭起了帐篷
641年，它就是这样看着
文成公主去了吐蕃
明时，它就是这样看着
江淮人随军来此筑起了马头墙
……

这会儿，它看着一群牦牛

走下山冈
像当年洮州卫城的兵出了兵营
它也看着卓洛前军草家的煨桑炉
飘起了桑烟

丘北

一只鹰在空中盘旋
看见乳峰成林
收了翅膀

它用一双眼睛,赞美:
上天赐给穷孩子的馒头
全在这里

猫猫冲村的落日

李家山
只有一个落日
被一棵棵苹果树递下了山
在猫猫冲
每一池水有一个落日
每一条鱼嘴边有一个落日
落日排成了队
等不到落日把脸洗干净
被鱼一口一口吮食了

站在池塘边的暮色里
我的孤独是我从李家山来
它却没有认出来

普者黑湖

水把水圈起来
就不能像大河一样
喊口号、跑步
也无法破壳而出
喊出内心的欢愉

据说普者黑湖水在动
只是脚步慢了些
像一个看风景散步的人
把所有的熔岩洞转了一遍

舍得草场

去过好多草场
草场上的事
无非是羊和草的战争

舍得草场就不一样
草有欲望,比人心决绝
赶在秋天之前,一些草举着露水
向山顶爬,爬到山顶的草
长成了大树

就能看见远方
看见风把高处的羊赶下来
天就更蓝了
看见马和黄牛是另一种色彩
肚子里草还是绿的、热的

羊雄山

羊雄山的大体模样是:
老藤想替树走得更远一些
坐在上面晃荡的阳光阻止了
低处的植物
按各自喜欢的样子生长
一条石板路
只有主干没有枝叶

把羊雄山
摊开在一个平面上
那些采摘荨麻老妇的脸
会浮现出来
在山顶立下誓言的脸
也清晰可辨

就这么简单的一个小山
被很多人喜欢过,看
我们刚刚走下山
雾把羊雄山藏进衣袖里
等第二天,递给另一拨人

夜过梭磨大峡谷

马尔康
放在手够不到的深山里
去那儿要穿过梭磨大峡谷

众山,像红原草场上
下来的牦牛
被梭磨河牵进了黑夜

车子行进在弯弯曲曲的路上
像一个人憋着一口气
难以下咽

子夜一点
我发现天上的星辰
先于我们抵达了马尔康

嘉绒锅庄

一圈一圈地跳
一层一层围拢
不留太大空隙

困在中间的篝火
像挣扎的灵魂

卓克基土司官寨

"古有郿坞,今有官寨"
鹧鸪山下,官寨盘踞
纳足河,早年土司
腰带上滑落的一缕月光

假如我拾起来束在腰上
干咳两声,背着手进门
就可以在一楼训斥几个下人
到二楼见见甘肃来的朋友
上三楼吃菌子炖鸡
没啥大事四楼不去了
五楼空着任日月穿梭

假设经幡旗杆上有一只老鹰
它会惊奇地发现多少年前的土司
又坐在窗前诵经

西索村

一些石头趴在纳足河
咕咕地喝水
一些石头垒房子
时间久了,有了人的肤色

黄昏,我坐在石房子前
想干一件大事:
叫卓克基的历代土司们
从高处的石板路上下来
和我们围坐在一起
就着菌子火锅喝酒、抽烟
看万家灯火一盏盏亮起

不管我是不是土司
核桃饼子,还是那么香

松岗天街

山下的青稞慢慢地黄
山上的雨慢慢地下
两座碉楼像双管猎枪
对着天空
土司老爷不在
天街上的事都是小事

进一家酒馆
讨一碗青稞酒把自己灌醉
醉了就想吹吹牛皮

把高耸入云的碉楼当筷子用
给碉楼装上耳朵听神仙说话
若是雨还不停
一根当拄棍，一根送人
如果雨过天晴有道彩虹
也可当高拐子踩着与她比肩

直波石碉

为了离云端说话的人
近一点,清朝乾隆年间
梭磨河的石头
一个踩着一个的肩膀
爬向高处

三百多年,站得足够长
足够累了
现在,它们也想俯下身子
长成两株青稞
松岗土司不在了
用不着征求北山脊上两兄弟的意见

毗卢遮那圣山

寺在洞中，洞在崖上
美好的愿望
不一定要走危险的路去表达
可装进衣兜
挂在青杠树上
陪着菌子慢慢生长

野棉花比天上的云多
山风清凉
野鸡喝凉水只长毛不长肉
松鼠看见我们
从寺窟的旋梯上来
亲热地摇着尾巴，似有话说
还有多少看不见的草木、羽兽
和露水一起睁大了眼睛

圣山给它们隐秘的
自由和喧闹

这些,也被毗卢遮那
和仓央嘉措悄悄地喜欢过

阿坝黄河大草原

阳光和雨水一样丰沛
山翻过日尔朗山
转亲戚去了
看不到大地的影子
草把红原、若尔盖、阿坝连接起来
兀自玩耍

牦牛和羊群只吃草不说话
我估计它们吃腻了
想吃点别的
嘉绒锅盔还是静宁浆水面？

从阿坝到红原路途遥远
一朵云跑得辛苦
眼巴巴等着马吃完了草
驮它去白河喝水

若尔盖九曲黄河第一弯

白河、黄河
一左一右
弯弯曲曲的样子
像两个人见面前的隐约羞涩
扭扭捏捏

再往前走几步,就是生死之交
好日子在前头
只顾风雨兼程,埋头前行

扎尕那

起床之前
光盖山已经背披万丈光芒
拉桑寺睁开眼睛,佛出门
桑烟缭绕。石峰守了一夜
卓玛开门相迎。青稞和燕麦说话
不用翻译。它们在山坡
像一寨子的人聚在一起晒太阳

晨曦里的扎尕那最好看
耳朵冲出了身体,寻找鸟鸣
眼睛冲出了身体,村寨里瞟
手也冲出去,想把那缕桑烟攥在手里
舌头冲出来,翻拣最好用的词

剩下个肉身子坐在石匣子里
被露水泡着

腊子口

鹰翅上驮着火种
悲伤比石头更坚硬
炮声轰轰的地方
树木葱葱
每一根枝条长得战战兢兢

峡谷间,唯有腊子河懂得纪念
碰见一块石头,开一朵白色小花

铁尺梁

想发三条短信给周家琴
一条：山高路险，十八弯
离马尔康越来越远
二条：牦牛角上挂着三五人家
生活窘迫，寄点锅盔和菌子
三条：站久了肩膀酸疼
打发挤奶的姑娘给揉揉

过砀山

刚刚,我看见
河南一带的麦苗青了

不久便遇见
从安徽来的风,匆匆
过了砀山

我猜:啃过青苗的风
才有力气去洛阳
看牡丹花开

钱塘江

多少人,心潮澎湃地离开了
钱塘江
还是我十多年前见过的样子

它仿佛在做一件徒劳的事
一直向前奔流着
可怎么就走不远呢?

之所以在杭州湾大喇叭口
多住一宿,是因为
我在等它停下来,并告诉它
"我要把杭州
挪到你抓不到的地方"

——这,并非心血来潮

安吉茶园

安吉溪龙乡黄杜村的茶农
把日子过成了诗
从山顶一行一行写下来
层次分明，长短不等

十三个甘肃人站在一起
怎么看，像是多余的一行
而几个采茶姑娘
像一片片雨后长出的新芽

我问其中的一个
"有人等人的茶园，
是不是看上去长势会更好一些？"

等她反应过来，泡一杯白茶
我已经出了安吉

石板岭竹林

安吉石板岭一带的竹林
一山接一山
绵延在杭长高速公路两侧

这么多竹子,做成扁担
得多少厚实的肩膀相迎

突然有了奇想:
要是我一直这么睁着眼睛
能把这一山一山的竹林
移活到老家的喇嘛山上去吗?

要是这个想法合理
我要不要在途中动一动眼睛?

从百草园到三味书屋

按鲁迅书上说的
先去了百草园
菜绿,没有黄蜂,人少
听不见蟋蟀的叫声

记起他说的美女蛇
有些害怕,匆匆出园
"有陌生人叫我的名字
我不敢答应"

出门向东,不上半里,走过石桥
果然是寿镜吾先生的家
三味书屋的匾牌下
果然有画:梅花鹿还伏在古树下
天色已晚,没看见"早"字

出门过桥,听见一个人说
"没有故事的人,不配吃茴香豆"

犟脾气上来，不但吃了
还喝了二斤花雕黄酒

瓜渚湖

仿佛柯桥的所有雨水
通过五座贯通的桥
步行着进了瓜渚湖

天气好的时候
天上的云、鸟儿也下去
学着鱼的样子洗澡

这些,都被站在望江楼上
喝茶的人看见了
阳春时节
他还看见湖里的月亮
一天比一天肥

京杭大运河

我看见上塘河
在武林码头做了运河的小弟
有大哥的呵护
前面的路就好走多了

同去的台兄背对运河
要我为他拍照
我看见他挡住了一艘沙船
心里一惊

人家毕竟做大哥两千五百年
见过大世面
不慌不忙,从他身上穿过
他居然丝毫没有察觉

台兄已是一个身体里
经过船的人了
从此,更当刮目相看了

圆明园

落日一次次被转移
还在眼里
有些东西转移一次
就永远不能相见了
比如圆明园

留下了烧不尽
带不走的天空
一地废墟，供我们难过
落日也在一旁
好像想起了1860年的那场大火
在树杈上独自伤心

几只没心没肺的红头苍蝇
长相似当年的英法士兵
已经冻死在石头缝里
一片枯黄树叶
可能是它们举过的旗

在天安门和老人视频

12月4日凌晨,天安门
好像在等一个人、一件事
等母亲接通我的视频
天恰好亮了

父亲和母亲
在李家山的家里看见了天安门
看见了毛主席
看见了国旗护卫队
跟着国旗冉冉升起的太阳

他们屏住呼吸
以免锦绣波澜缭花了眼

天安门、毛主席、国旗
也看见了热泪盈眶的父亲和母亲
我家的房子、炊烟
蒸笼里的大馒头

还有公鸡头上的大红冠子
冬天的苹果树

视频里传来几声咳嗽
可否理解为他们对北京的问候?
今天的天安门
是属于父亲母亲的天安门

第二辑

黄土敲门

禾纹曲腹陶盆（仰韶）

细泥红陶
上腹垂鼓，绘禾叶纹
间夹一枝叶纹
下腹曲收，小平底

看着看着
想变成一只古代的雀儿
藏在松枝间
坐等黍或粟的叶子
一天天长大
吐穗

旋涡纹彩陶瓶（仰韶）

用数十条河流
编织一张网
过于铺张

一尾古代的鱼
去了源头
河流干净，无人把守

一只睡醒了的虫子
一抬腿就过了河

堆贴星月纹陶缸（仰韶）

一种可能：
星星们寻着谷香
欲去人间
被月亮拦在了路上

另一种可能：
一觉醒来
月亮发现大颗水珠
缀在唇边，左右为难
——饮还是不饮？

交叉方格纹彩陶罐(仰韶)

一只蛙形泥质陶罐
摆在博物馆展架上
被一束光惊醒

它的背上隐藏着
数条前世它曾去过的河流
折肩微鼓,双耳似眼凸起

在它眼里
展台前走过的人
都是可供猎食的上古蚊虫

蚕节纹青玉琮（齐家文化）

色青绿
有糖色斑纹

方柱形，外方内圆
天睡地心上
两端出射，浮雕似蚕节
藏有吐不尽的星辰

神说给他们的口唤
被我们听见了
他们用过的天空，土地
也被我们反复用着

一件古代的玉琮
像一团青烟，不肯散去

双耳扁足陶鬲（寺洼文化）

我看见一只远古的蚂蚁
赶着一群羊
从陶鬲里钻出来

天要下雨了
空气湿漉漉的

我想邀它过来
坐在李店王沟村地边上
一起烤烤火，喝喝茶
说说西周的天气

触角式铜剑（战国）

沿着一条蛇的引领
绕过佛陀脚印
遇见战国的一个铁匠铺

那厮抱来三捆干柴
煨火
盛下一桶月光
淬剑

一群羊举着洁白的肉身
前来换草

铜马衔（战国）

阳光安静
懒卧马衔旁
像一个经年鏖战的老将军
放下了仇恨

这冰凉之物
忽然如肉身温暖

光和影，暗中争斗
铜锈上青草味浮动
世间还有难以驾驭的风

需要饲养
需要一坡紫花苜蓿

陶响铃（战国）

摇摇陶响铃
把一个两千多年前的
孩子叫醒

告诉我：龙追虎
是不是云入山林欲占山为王
虎逐鹿
是不是眼看着好日子到手了
三鸟啄鱼
是不是三片草叶争食一颗露珠

听见响铃声
李店王沟村九苗豌豆芽
探出了头

"帛美禾大"半瓦当（秦）

秦时泥质灰瓦当
比现在的红琉璃瓦当
要聪明得多

他们懂得：
雨水丰沛，帛美禾大的道理

在屋檐上排列成队
把"帛美禾大"四个篆书大字
举在头顶
让每一朵过路的云都能看见

"成纪容三升"陶罐(汉)

把一个男人一生用过的落日
盛在下面
把一个女人一生遇见的月光
盛在上面

正好三升,正好让一只灰陶罐
感觉到了日月的厚重

绳纹板瓦（汉）

活过来真好
又看见雨在人间
草长南山
雁挂天边

一滴水珠落嘴边
细嚼慢咽

绿釉蛇首陶勺（汉）

牛羊吃草
遇上了旧朝的汤勺
看了半天
发现去年啃过的一片月光
不在天上
正委卧在蛇身上

牛羊惊叫
惊醒了汉王

红陶楼房（汉）

红泥团上，凿一扇门
两扇窗，灶台对门
不在人间不点烟火
烟囱就不必了

地下的雨水再多
双面波悬山式屋顶
够用了
门侧开一小洞
好让串门的老鼠原路返回

活着的时候，没本钱讲究
死了怎么也得有个
四阿顶式角楼

就这样，一团红泥
把一户汉代的人家安置妥当
只是半夜里
他能听见黄土敲门的声音吗？

绿釉熊柄灯（汉）

灯柄熊，双手扶膝
张大口，铆足劲儿
欲把夜色喊退

熄灭灯，霍去病去了
黑暗如漠北匈奴
扑将上来

点燃灯，蟒袍搭在树上
面容姣好的尘埃
都是王的爱妃

"大富大贵宜子孙"铃(汉)

两千多年过去了
这青铜器的后代
还张着贫穷和饥饿的小嘴

当年,谁蘸着乳汁
在铜铃上写下
"大富大贵宜子孙"
七字篆书

哪知铁打铜铸的生命
也经不起光阴敲打
一滴水掉进斑斑锈迹
快速老去

谷纹青玉璧（汉）

这前世的玉
也识人间烟火
每日食粟数粒
面色才如此姣好

自见了这玉璧
接连几个晚上
梦见她打碎了自己

一粒粒粟子
落入泥土，脱下稃甲
发芽，抽叶，吐穗
抱住月光蕃庑生长

青玉环（汉）

所谓回还
就是从一块青玉环里
牵出一匹月光之马

让你骑着，从荒芜之地
回我长安

绿釉陶井（汉）

成纪水，从《水经注》出发
挨着秦，绕过汉
流向魏晋南北朝

一口成纪地下的干陶井
在一个小人物身边
默默地守着

等哪一天听见水声
爬起来，站在井屋下
搅动辘轳，用足够长的绳索
把项羽和虞姬沉入乌江的吟诵
吊上来

一侧的小罐
也将装满兮兮楚歌

石刻佛像碑（北魏）

佛闭着眼睛
看见北魏的葡萄熟了
麦子黄了，扶犁的老人
睡了

两个香音女神
一吹笛，一弹琵琶
忍不住往前走了几步

供养说：
你再走就被她看见了

乐女引箜篌饰件（唐）

连续几天
我盯着乐女引箜篌饰件
想把它写成一首诗

以至于看的时间久了
觉得这女子面熟
但我拿不准她是谁

她的指尖上有春天
有一个唐朝女子的羞涩

黑发长长，她好像要
一根一根地弹白了
她好像还活在今朝
呼吸均匀地
迎送黎明和黄昏

青玉钗（唐）

定是技艺精湛之人
取来一片月光
细心磨制而成

用"冰清玉洁"来形容
这和田青白玉钗
手法过于陈旧、老套
但它足够干净

月光照耀着今夜
也照耀过唐朝的夜晚
我想借月光之手
把它还于那长安女子

人物故事图纹铜镜（宋）

"一童扛物：送我胭脂
不如一女抚琴：奉我琴音
怎及一童持莲：芳泽无加"

一女独坐屏前
这般思量

右侧，一枝梅把头
垂那么低，许是向栏中香草
打听李师师的下落

别指望她来救国
如果徽钦父子胸前挂一铜镜
定将那金骑照下马来

"舂米图"彩绘砖(宋)

一杵一臼
一男一女
两个舂米人
一定是最先听到
谷子喊疼的人

被我看了良久的
那粒谷物
最先脱了壳
差点蹦出彩砖
回了人间

二人推磨图彩绘砖（宋）

从新店下街村出土的时候
两个推磨的宋代男女
依然大汗淋漓

隔着元明清
我问那体态丰腴的女子
你家的饭熟了没有？

力士莲座 (宋)

四大金刚
把一朵莲花举了千年
怎么劝
都不肯放下

霍县窑白釉高脚盏（元）

弦纹三道
一副老唱片的样子

把筷子削成针尖一样细
就能听见威戎贾庄村
先民们
大口嚼食苦苣菜的声音

龙泉窑青釉刻花云纹碗（元）

天上钩钩云
地上雨淋淋
几朵云迎风生长
过了碗口就是元朝
湿漉漉的天空

据说：
忽必烈吞吃的云
不下毛毛雨，下暴雨
不可浇花
只可酿造玉团春酒

罗爱爱心上的云
不下雨，只落雪
地上白了
一朵梅花开嘴上

白釉瓷碟（元）

敞口，浅弧腹
圈足，施白釉

这白净之物
埋在威戎贾庄的黄土里
是谁喂它月光？

管它是不是
蒙古草原上的两团羊毛
被马可·波罗带至中原

反正，盛一片月光
拌上元曲，不用烹制
就是一碟好菜

宣德双辅首鼎形铜炉（明）

一只香炉上的神兽
注定要接受
昼与夜的更替
和三炷香的训谕

风云拂面
脸颊泛红

它身上还骑着
宣德年一次美丽
且不忍下咽的落日

黑白双釉深腹碗（明）

高 7.2 厘米，高筑墙
口径 15.7 厘米，广积粮
足径 5.7 厘米，缓称王

黑白双釉
像兼夜运送粮草的军队
被月亮看见了

那一年，放羊娃朱元璋
吃了一大碗羊肉
枕着天下丢了个盹

观音菩萨铜坐像（明）

交跏趺坐
双手施说法印

食指弹露
草叶接住了

众鸟振翅
从中指尖扑棱棱飞出来
归了山林

青花山水图瓷碗(明)

害怕
这只贪恋山水的孤雁
吃饱了飞走
博物馆的人
从不往碗里撒米

青花冰裂牡丹纹瓷碗（清）

清代的一块冰
碎裂成片
也不肯融化

是不是
对一朵牡丹
一根小兰草
动了念

蝶形五彩瓷碗(清)

瓷面过于光滑
风站不住脚
莲花,牡丹,月季
你们不用着急,慢慢开

蝴蝶从碟子上飞下来
进了花园
居然还记着
康乾年间的花香

古墓砖雕

往前走几步是清
再走几步是明
过了第九棵苹果树是元
地下三米就是宋了

这些砖头上的:
鱼儿想游回瓦亭水里去
鸟儿望着天空
突然有了心跳
西风奏起曼妙的鼓点
团花想重回花园
推磨仆人
想重过有主人,有炊烟的日子
而一堆白骨
身披一场大雪,生无所恋

苹果树叶动了起来
光线变幻着

好让重见天日的快乐动起来
从中穿行
落日，在暮色里跳动了几下
试图把它们从墓穴里拯救出来
鸟儿也叫不醒它们
逐一归巢，还带走了
依附在枝头的一点点小感情

第三辑 生命之侧

元宵节

地上的眼睛过于稠密
天上的愿望过于稠密
一盏灯和另一盏灯挨在一起
像一个男人勾引一个女人私奔
我把这个担心
没有告诉任何人

致自己

不可以把他夹在书本里
见不到一米阳光
不可以让他松松垮垮
像街上没有教养的流浪狗
不可以叫他迷恋红头文件
失去翅膀和力量,蓝天在上
不可以写得好看,但要认真
现在,他适合落在宣纸上
像回到了鸡鸣鸟叫般的田园
不可以只用来书写,也可以
让一个个亲近的人喊叫
从人群中揪出来
你瞅,他还是一个温暖的人

城中寒食

站在街边，看烟雾凝团
一些灯火向暗处游动
柳树像一些人，走进暮年

隔帘相望，柳条摇曳
一些淡绿色的露水
做好了纵身一跳的准备

那个手持灯火的人
到底是谁？从怀里掏出
自家酿的酒，洒在路旁

小儿轻衫短帽，站在身后
我告诉他："沿着这条街出城
有一条小路通向山坡"

这些,我都无法还给你了

对不起母亲,我不是个好孩子
把你给的好多东西提前弄坏了

流云招惹过的我,白了少年头
五谷杂粮招惹过的我,肠胃不和
远方招惹过的我,腿脚无力
秋风招惹过的我,蓄满泪水
……还有文火煮过的药渣
这些,也被你提前看见了

母亲,我把你给的粗瓷碗
黄挎包,蓝棉袄,黑布鞋
……丢在了远方
我也无法把藏在豹子体内的我
鹰爪上的我,蛇信子上的我
鸟翅上的我,包括种子里的我
花瓣上的我,飞絮里的我
召集起来,完整地还给你

你给我的名字,我没有珍惜过
它也越来越卑微,但我还得
小心留着,留给你和父亲
兄弟姐妹,也留给我的孩子们

母亲,今日小城微雨
我在城郊的一片玉米地里
闻到了你的味道
但请原谅我,我无法像小雨点一样
望家而飞

望着小时候的自己

朋友告诫我：
今天的微信运动是 0 步

我说：我放下了十指上的愿望
收起了远行的翅膀
不关心胸膛出没的日月
另一条路，引领着我离开熟悉的事物
包括熟悉的你。这么多年了
我像丛林里的小兽，整夜整夜地醒着
我渴望一阵风，吹散我，我遇见了

挂断电话，望着小时候的自己
感觉骨头一节一节在缩短
喉结消失，声音稚嫩细小
呼吸清新，还有一粒种子
在身体内部开始裂变、奔突
这种感觉，像在重生

把你的快乐藏起来

阳光洒在身上,空气里有诱饵
我和儿子并排走在街上,风吹着
头顶的槐树叶快乐地跳动

我说:"今天是儿童节,祝你快乐!"
"蝌蚪把尾巴上小小的快乐丢了
长成青蛙呱呱叫"
"蝴蝶也曾后悔长了一对会飞的翅膀"
你看:"这路上的鹅卵石也有过快乐的角"
"把你的快乐藏起来。"还有好多快乐

长在尾巴上,比如小狗狗,小猪猪
……包括我们,不知哪一天把尾巴丢了
尾巴上摇摇晃晃的快乐也不见了
我们就开始日复一日,在五谷杂粮中找
在鸡鸣鸟叫中找,不放过一草一石
在字里行间找,在虎豹鱼纹里找

他不理会,一溜烟儿穿过人群奔向校园
他被人碰了一下
一小块阳光从肩上滑倒了
一甩头,阳光又爬上了肩。我一阵眩晕
感觉有点小快乐在后腰里动了一下
似乎这里不是他的德顺小学
而是我的阳坡梁

指纹上有一条河

下雨了，雨水沿指纹流着
这是父亲的河流，一家人的河流

房子是父亲亲手盖的
他把一枚年轻的指纹留在了泥墙上
那时候奶奶还活着
母亲还穿花格子衣服
他是十里八乡有名的木匠

春风数过，细雨数过
北风吹红了手指，也没数清年轮
一只虫子走在上面
把太阳从东举到了西，它抓不住
鸟儿一闪而过，雨滴在指纹上
我像听到了一座房子三十年前的心跳

父亲每天都去看，却从不伸手摸
他怕一摸就暗下去了

我和母亲也去看,也不敢伸手
怕把一家人的河流抹平了
但我相信
有一天它会醒过来,摸一把我

向唐朝深处走去

微雨,我独自坐着
不去理会雨中的事物

鸟在独自鸣叫
花在独自开放
我们相互喜欢着
却不去惊扰

我忘了给书穿上雨衣
几颗字泡胀了,丰满了
它们说的是唐朝的事

我穿上长袍
向唐朝深处走去

风摇不醒他了

夜里,庄稼长了一茬
庄稼长个的时候
一庄子人睡熟了

第二天天不亮
风挨家逐户去敲门
摇醒了椿树岔的椿树
路边上的莓子
摇醒了圈里的羊和羊鞭
架上的鸡
还有墙头上的闪担花……

风知道很多道理
摇醒了媳妇子们起来做饭
摇醒了儿子们下地
才把一个一个老人
摇醒了喝茶

到了椿树岔
风使劲摇一个叫李金录的老人
却怎么也摇不醒了
阳光出来喊它走
它急得团团转
就是舍不得离开

下午茶

下午，喝茶，看书

书页上一道长长的走廊
商贾驼队字间穿行
一只细腰蚁无法忍受马蹄纷扰
引刀自刎
几株红柳一再练习秦语
回还关中的念想不曾泯灭

一只鹰隼背驮寺院
我欲打听一件青铜器的下落
请它下来喝茶，可它欲念的翅膀
握不住小小茶杯

好吧！你们都这般冗忙
我也只能兀坐独饮了

暮色中的父亲

阳光起身离开,暮色遮蔽过来
过不了一会,父亲将
被浓浓的夜色掩埋

他曾被旱烟呛人的味道掩埋过
被母亲的炊烟,小麦的香气
牛哞羊咩声掩埋过
也被我们的笑声和哭声掩埋过

夜色沉重,烟头的光忽明忽暗
逼退夜色,把父亲从黑暗中打捞出来
黑夜为幕,父亲坐在烟头的另一端
他必须从这儿远去,但不着急

父亲的枕头

荞皮芯
半年拆洗一次

"荞皮上沾满了梦
挤得骨头响
吵得人难以入睡"

好想洗洗,晒晒
那些梦,连同呓语、磨牙声
都被淘洗干净了

我想:母亲的手上
肯定滑倒了一些梦
疼得龇牙咧嘴

父亲来城里小住过
看见他用过的枕头
总觉得里面憋满了梦

从针脚往出钻
就想扑上去一头压住
听听他在梦里说了我什么?

父亲的果园

这一季
春风照例,策马而来
父亲提着长柄斧,进了果园
把五十五棵苹果树,又挨个
看了一遍

它们,像一个个进入暮年的人
父亲手中的长柄斧
在风中,也摇摆不定
我明白父亲在想什么
但我不明白
一棵苹果树在想什么

如果把它们移栽到三十年前
树下的父亲会是什么样子
如果女儿在就好了
她有能力把这些苹果树挪上画纸
让一只蜜蜂对着苹果花的耳朵

说出她心里的话

这一季春风里
老树如父,父如老树
他们忘却了死亡。有那么一瞬
我看见他身后,一些年轻的树苗
——正纵身而起

睡莲花开

一只鸟儿在敦煌
飞得口干舌燥的时候
毛毛虫在文屏山庙墙上
爬得腰酸腿痛的时候
我的睡莲开花了

白裙子
是她费了一个夏天的口舌
用一池清水,向月亮换来的
胸前的金黄吊坠
是用四条金鱼的命
向太阳借来的

一朵莲花
在池子里打开一扇门
你可以和风雨烟云
花鸟虫鱼一起,自由出入
可读书写字,低吟浅唱

可想念一个人或者两三个

站到峰台山上远看,几个赏花人
小得像几只或红或白的蜻蜓

斗室有莲

水生伤
白天开放,晚上合拢

几只蜻蜓
从月亮上回来
头挤在一起
私语
水吐泡,土咳嗽
我在漱口

十片叶子
鱼流了十次泪
三朵睡莲
三个仙子误入人间

对母亲的一次观察

皱纹横生如沟
沟里发生过什么?
她自己也说不明白了

一生不曾使用恶语
但大多数牙还是弃她而去
是什么迫使余下的几颗
站到了现在?

三七、甘草、车前子
……在胃里枝繁叶茂
粮田面积却急剧缩减
一只饿肚子麻雀
扑腾着,已经飞抵喉咙

眼睛里还有空地
她一直想种点什么,比如黑豆
但她干不动活了

鼻子和耳朵尚好
她能嗅到千里之外
榆树皮汤煳了的味道
常常听见骨头说话
腿在后半夜喊冷
大哥在肚子里喊饿

她说：风吹门窗的声音
还跟七十前一样新鲜

老衣

暮色里,母亲关紧门窗
小心翼翼地从柜子里取出一个包裹:
上衣,裤子,被子,褥子
袜子……还有一双绣花鞋

——是父母的老衣!

"天气好的时候,我就拿出去晒晒
吹吹风,沾点阳气,还不起虫子
以后我和你爸睡在土里,穿着也暖和"

母亲絮絮叨叨说着。这个
已经古稀之年的老人,给几个儿女
不知缝制了多少衣服,而她和父亲
却一直穿着缀满补丁的旧衣裳

直到老了之后,才肯让姐姐给他们
缝制一套去另一个世界的行装

我看见，尘埃在老衣上行走如初
母亲嘴角翕动，一遍遍轻弹，抚摸
似乎最不放心的是纽扣，反复揉捏
生怕它们吞下坚硬的核

夜色愈来愈深。母亲收拾好老衣
像一个怀揣巨大秘密的人——

我赶紧打开电灯，逼退夜色
把她从黑暗中拉了出来
我希望这强大的光能和我一起
抵挡一些忽然而至的风
将那突兀的命运，挡在门外

场边上的老婆子

从清水湾嫁到李家山
早年丧夫,膝下无子,陈姓

若是老太太还活着
还坐在场边上
锯齿草会割破花肚兜,取走糖果
冰草会刺破血管,种下毒
孤独的花朵开满后背

这时候,我应该下车
给她烟卷,准备回答她的问题
"城里鸡蛋涨价了吗?"

一夜呼噜

也许,另一个我在梦里
走得太远了
这个我着急喊叫

是什么,如鲠在喉
夜深人静时出来
舒展筋骨

呼噜声,是失败之声
体内,废墟堆积如山

多少委屈,集结于此
此刻,我若醒着
对生活没有过多的抱怨

曾经年轻的歌喉
倦极而眠

风把人间吹凉了一半

火苗舔影,纸衣成灰
膝盖下跪着多少冰凉灵魂

那些远离尘世的人
突然睁开了眼睛
当你转身
蜂拥而上的风中
可曾遇见了亲人

忽然想起
那个十二岁死去的人
若在其中
是不是也已满脸皱纹
浑身打满了补丁

我的同学怡占峰

他说儿子不能上学了
我追问，他咬咬牙把话咽回去
可眼睛没有坚硬的牙齿
咬不住一条大河的奔流

他不是我二十年前的同学了
他不是十四岁儿子的父亲了
他不是一个母亲的儿子了
四年前就不是一个女人的男人了

他坐在我对面
一会儿是块铁，一会儿是坨冰
在时断时续的谈话间不断变大
为了让我看见阳光照耀过他
他努力挺了挺腰，挤出一点笑

后来，我们说的话越来越少
我怕校园残阳美艳的黄昏

将他瞬间融化,我怕
往事叠在一起让他喘不过气

子夜一点,小城灯火扶着他
草绳一样,摇摇晃晃地走在路上
他好像使劲朝四五年后的
某个具体的时间一望再望

我祈求大地灯火,在他儿子
肌肉萎缩,在他亲眼看着这小骨肉
一点一点消失时,以光的速度
聚到一起,替我扶着他,照亮他
并叫醒他身体里的铁

晚间功课

等孩子做完作业
陪着睡觉
一片月光滋养着
另一小片

之后,我和她重新爬起来
把第二天的生活
从头到尾安排妥当

再长长地舒一口气
说说过去
说说孩子们的未来
说说年迈的父母
害怕时间不小心止于唇齿

奔跑的心

马厩卸下马,孤独加重
我在马背上练习平仄之术
它的鬃毛像人的长发
眼睛幽深,有苜蓿
或者日月星辰抖了出来

快马加鞭,山峦避让
马蹄在流汗,马蹬在流汗
背上的村庄,旷野,树木在流汗
风在流汗。不可抗拒的诱惑在流汗
天空累出了汗,滚烫的汗珠
欲落西山。在低矮的小草眼里

我是不是最后一个英勇的士兵?
好吧!勒不住一颗奔跑的心
就给天上不知归途的羊群一鞭子
鞭子流下的汗水,正好够酿一壶老酒

晨练的老头

一个人活到九十二岁
相当于一个世纪
这期间要花费多少气力

草枯过黄昏,一些人远去
没了音讯,活着的人像往事一样
奔跑,这些都不重要了

重要的是,他独自留了下来
每天练习臂力、腹肌
让自己看起来像马一样
栩栩如生。让裹在身上的风
带着新生的力量动起来

即便要死,也有足够的力气
脱下旧衣服、脱下衰老
和死亡。目送自己奔向远方

星光取走了她舌尖上的盐

她吃过的麦颗
重新发芽,会长满山坡
吃过的鸡,飞起来
会挡住半个太阳
吃过的青菜,披上衣裳
会挂满屋梁

她一生都在与粮食战斗
她见过最无理的粮食
是光

老了,就常常坐在阳光下
戴上假牙,反复咀嚼
我看见一束光钻进她嘴里
咬倒,又爬起来
像两个较劲的顽童

直到夜色袭来,我怀疑

是这满天星光，一点一点
取走了她舌尖上的盐

一个失去味觉的老人
我想：她最大的愿望
是有一颗硕大无比
最好是六十年代爆炒过的麦粒
能夜夜陪她说话

爱酒之人

一块肉从口腔开始
踩着卵石
进入秘密的小径

它在我身体里
找到了陀牌大曲
滨河粮液、泸州老窖
白杨王、二锅头
闷倒驴……珍珠神液

这些不同年代的美酒
热情地款待了它

它错把半截芹菜
当成了醉酒之人
一边痛饮,一边感叹
"看看,够朋友的
都在这里"

我也看见

远在千里之外,又一茬

高粱熟了

每片梧桐叶上坐着一个孩子

死娃娃坑在村子以北
一个叫月牙嘴的地方
谁也记不清
这里埋了多少稚嫩的尸骨

在这个世上
他们有过短暂的停留
甚至没来得及
取下一个好听的名字

不知什么时候
坑上长了一棵梧桐树
每年春天
胖乎乎的小手破枝而出

太阳伸出了柔软的舌头
月亮献上了银汤勺

树上多小鸟
我相信是他们招惹来的
地上花更红
我相信是他们亲吻过的

过几天,他们都会长大
村庄也离他们更近了一些
风,要花费一个夏天的时间
为他们准备梯子

你应该醒着

当语言,无法像闪电一样
劈开一条路
表达内心的荒芜

一个面瘫的人
他花费了大半生的时间
把右脸,锤炼成左脸的敌人

歪着嘴,把一条完整的河流
分成两半
让悲伤的一半躲在暗处
兀自开花

另一半,攥紧了小拳头
大声说:"你应该醒着,
还有多少令人费解的秘密,
没有说出来?"

无可奈何

天空很无奈
它无法掌控过于辽阔的蓝
像夜晚无法抑制
大面积漫漶的黑

像花开春天
香得让人难以应对
也像种子遇上泥土
无法控制内心的裂变

我坐在阳台上
无法摆脱
阳光的一再纠缠

就像兄弟温暖的手掌
搭在肩上
怎么好意思推托

姨兄

风雪交加的夜晚
忽然就想起一个人来
不知道他北风里的老脸
搁在医院的白床单上
会是什么样子?

他是我大字不识的姨兄
手扶拖拉机上王一般的姨兄
低着头把风踢疼的姨兄
一口偷吃三个油饼的姨兄
送我两只小白鹅的姨兄
担着辣子茄高声叫卖的姨兄
电影场上流血救爱的姨兄
喝多了酒把牛皮吹上天的姨兄
……害怕人财两空的姨兄

49年,他吃进胃里的五谷
雨水,风雪,空气,该有多少?

现在,它们要求如数退还
他交出了三分之二
留下三分之一的疼痛

我知道,馒头嘴还有鸟鸣
他再不敢伸长耳朵去听了
馒头嘴还有落日
他再不敢抡起铁锨铲下半个了
馒头嘴还有月光
他不敢再抬腿往进走了
馒头嘴还有热气腾腾的早晨
但他无法把一个完整的自己
放在这山水之间了

此刻,我仿佛看见
一只只鸟儿飞出鸟窝
像一滴滴眼泪夺眶而出

阳光下

影子
是我用坏的部分
依然忠诚地摇着尾巴

一个无法合拢的人
站在阳光下
像两种爱
一个躺着,一个看着

右手干的坏事
比左手略多一些
左手却在无端发抖
也许它的经历过于简单

河流在身体里流淌
是看不见的一条
阳光是另一条河流
它试图从我身上

带走我深爱的事物

一只鸟在附近叫了一声
我感觉心尖动了一下
它们,也许
只是小睡了一会儿

两个人从眼前走过
一个仿佛留在我身体里了
一个仿佛刚刚从我身上
走下来

我给每个打算坐下来
纳凉的人
准备了一树繁叶

第四辑

静宁笔记

伏羲生

成纪水洗了十二遍鱼身子
成纪风吹了十二遍石头
河兽身上添了十二道花纹

两只脚印相爱的时候
风就来了
三月十八伏羲生,成纪水
笑盈盈地从华胥氏眼前流过

伏羲画卦

伏羲画卦的时候
风在石头上
刻下长短不一的皱纹
雨落成纪
种下几句谶语
蜘蛛布网
网上闪着太阳的光芒

女娲补天

月亮出来的时候
我就感觉天上出了大漏洞

女娲怎么就忘了

把几朵闲云借她
还能补的上吗?

静宁秦长城

周时
静宁的冰草姓秦

县志上说:秦灭义渠
筑长城以御匈奴
位于县西北境
长六十二公里

那时候
长城脚下的莓子蔓
不敢朝北长

它们只晒着
长城以南的太阳

阿阳县

再过些日子,城川鹿角口
一带的苹果花就开了
风和蜜蜂在花尖上开始交易

戴红头巾的女人
也会轻步走进阿阳故城
在果园里掐花,疏果
套袋,来来去去
一直忙到秋天果子成熟

一场雪,一年到了头
苹果树叶煨热了炕
她也不知道:进了果园
她是西汉阿阳县的女人
还是隋朝杨家抱别的红颜

但她知道:出了果园
她是鲍家的媳妇

南成纪北阿阳

成纪比阿阳年长
早早就见识了几场大雨

风吹阿阳时
早把成纪吹旧了

为了让我分清
阿阳城遗址只长草
不长粮

汉出李广

每次去广爷川
总感觉李广犹在

石头上坐着拉弓射石的李广
鸟的身体里藏着飞将军李广
黄土粒里躺着戚然自刎的李广

我看见无数个李广
每天从广爷川的苹果树上
走下来，拱手送别一次落日

德顺军与陇干县

"先有德顺军,后有陇干县"

1011年,北宋在隆德筑笼竿城
1043年,笼竿城上置德顺军
1093年,在外底堡,今静宁置陇干县
德顺军治随迁

这么久远的事
2018年的风哪里知道
但当它们从六盘山西麓
吹过来的时候
就像当年笼竿城的德顺军
搬家的队伍,喘着粗气

中途,遇了一场春雪
和冬麦多说了几句话
抵达静宁时,已是深夜

挑灯读书的先生走漏了风声
它们抬头看见头顶闪烁的星星
果真像宋时德顺军陇干县府上的灯笼
至今，也不肯熄灭

南使城

唐太宗贞观年间
草是草
天禧二年的草也是草
南使城的草是草
城川吕家河的草也是草

只是,李唐陇右牧草翳野
风和马一样嗜草成性
南使城的草就着急地长
像立马要长到
天禧二年的静边寨去

吕家沟的草
长得缓慢,害怕长大了
听见马圈山马嚼草的声音

静边大战

元丰七年十月二十九日的明月
一半照着寨上的宋军
一半照着城下的西夏兵

泾原钤辖彭孙
击毙西夏都统军使仁多唛丁

像一片月光
驱除了另一片月光

建武二年饥荒

大旱,麦歉收
民饥

一个人梦见
巨大无比的麦粒
硌得腰疼

海原大地震

据记载：民国九年 12 月 16 日
海原大地震波及静宁
一万余人丧生

那一夜
风一边吹一边叫
试图扶起瓦砾下的人们
月亮哭瘦了身子
一抔黄土
感觉到了前所未有的困倦

民国十年
满山满洼的秕谷子
像他们的肉身子
草拼命地长个
长高了就能望见村口
回来的人

左宗棠过静宁

同治十年七月庚子
左公西征驻静宁二十天
惊了城中众鸟
飞至翠屏山远望

它们想不通
左公为何携儿孝威人等
以羊一、豕一、醴酒之仪
拜谒祭祀三将军
立碑。书匾"威宣戎索"
但左公命兵队植树一事
它们看得明白

开拔那天,有雾
有秋天的苍茫
一排排夹道柳
像左公一步步出了静宁

于右任寻舅氏

民国三十年秋冬
于右任二次静宁访舅亲

他站在一中文庙台阶上
身披静宁星辰,他也许在想
"看不见的一颗
许是我赵氏亲舅"

磕个长头
捡一块静宁的绵薄月色
回了

"我送舅氏,曰至渭阳;
何以赠之?路车乘黄"

他在拿回去的那片月光上
书渭阳小学
寄予仁兄杨云亭

虫王刘锜

刘锜，静宁县人
南宋抗金名将

马蹄子踩疼沙子
沙子想起了八字军统帅刘锜
谷穗长出了好腰身
一心要面谢虫王刘锜

虫王端坐八腊庙
左等右等，不见蝗虫
有风来报：星星接替萤火虫
替王夜巡，他笑笑
拢着油灯继续烤火

静宁来由

静宁县志的薄纸上
有李广射击匈奴的箭
刘秀亲征隗嚣的大军
静边寨前虎视眈眈的西夏铁骑
还有地震,虫害,瘟疫

字字带血

元成宗大德八年
静字和宁字挨在一起时
那些飞扬跋扈的字
顿时安静下来

那一年,州官写下"静宁"
如城东老中医开出一单药方
此方治小儿半夜啼哭
治霍乱,也治战乱

成纪移显亲

唐玄宗开元二十二年
地震,成纪城毁
成纪县治移显亲川

我估计,三尺黄土下
应该有南迁人马留下的脚印
出土的马嚼口可以作证

我算了一账:
如果太爷带着我们家族
北逃的时间早上一千年

他们会在路上迎面遇见
并从怀里取出一双筷子
互赠

成纪榷场

宋时
脚下是茶马互市的榷场
马匹和茶叶味道浓烈

天上云多,随手摘几朵
用来包裹茶叶
地上草多,随手拔几根
搓一下,用来绑扎

马是唐南使城宝马的后代
双眼皮
它清晰地看见两只蚂蚁
抬着一片茶叶过了南河

马圈山

借多少匹马的眼睛
才能填满月亮亏缺的部分
集结多少马蹄窝
才能拦住狗娃河的奔流
准备多少匹马的嘶鸣
才能拉回两个姓吴的人

横山,一副上等马鞍
披在马圈山背上
秋草沿八原公路,爬将上去
摆好了打马而去的架势,几户人家
拽着小树林,像拽住了马尾

当年史书记下了:
——风过马圈城堡时打了一个响鼻

文屏山

下午三点,文屏三叠
一只鸟,像木鱼飞过头顶
我不需要说服万吨阳光
照醒墓碑下骨骼寒凉的人

娘娘何去,任圣母宫
文昌阁、药王庙大殿的飞檐
为每一个上山的人指认
山下甜水河的——岸

再过三个小时
太阳会提着药罐走出山门
钟鼓亭,一口铜钟
盯紧眼前的万家灯火
借一棵松树问话
枚枚针叶挑着虔诚
一座州城病了,文屏让道
下马的菩萨

次日,城门打开
寺门打开,众神开口
任经书里憨笑的文字
滚向人间

悬镜湖

静宁给天空、大地
备下一座湖

夜色渐暗,万物逐一缩拢
退将进去,天亮又陆续上岸
四下散开

六盘山发现把一只镯子
丢在了静宁
静宁城十万人家,发现水管里
淌着月亮清脆的笑

《静宁州志》记下了:
它的梦呓和唏嘘,也记下了:
一尾鱼的悲怆和怅惘

鞍子山峡

1970年,父亲来到这里
和成百上千的人修建水库

"鞍子山峡的石头拼了命地说话
直到完工,才合上了嘴巴"

站在库坝上,我看见一截榆树
躲在麦地里刮骨疗伤
荞麦,结结巴巴说不出话

倒是金牛河气息平静
它只求安稳地睡上一觉

威戎

所谓"天心地胆"
就是一颗仁大苹果和一颗
三合洋芋,跑到威戎用时相当
所谓"威震西戎"
就是一股风逼近方城时
被马齿草劈成了两半

河谷多瓦当,陶片,灰坑
石斧上沾满了鲜花野草的血
也没能救下城池的命

一只蜘蛛秘密建造复古宫殿
鸟儿像几千年前一样
去邑聚赶集,买卖
一只灰陶罐在戴姓人家的锅头上
感知生活的温度

照世坡与一锨土

照世山人看见:
孟姜女哭倒了长城
牛郎织女鹊桥相会了
夸父甩开膀子追日头呢
……世上的事躲不过照世山人的眼

铁拐李一铁锨铲下一坡土
端到半道断了锨把,把李姓的一庄人
丢在了细巷川,山也变成了坡

"锨把断了,锨把断了——"
"没断,没断——"
我听见两股风在空中叫嚣
羼杂黄土向南去了

周岔戏楼

再怎么生长
也长不成富丽堂皇的宫殿
一座清戏楼,老得风都扶不住了

铜镜上的胭脂,马鞭上的王侯将相
长袖甩出的恩怨情仇,哪里去了?
没有了灯、剑上的愤怒、惊愕
一些虫子悠闲地踱步,替谁唱戏?

要多少松香的舞蹈,回响
才能聚拢满天星空的凝望
要多少锣鼓的万马奔腾,追赶上风
提前理解一节挑檐的肝肠寸断
要多少新生的风,才能为砖上雄狮
鸟兽,龙凤,锤炼一对翅膀

当夕阳从拱洞上披拂下来的时候
天空扯破了嗓子

一台戏也该谢幕了
那虫,那王
走下戏台,看人间烟火正旺

扯弓塬与箭眼峡

一个放羊老汉甩了一鞭子
惊起一群鸟儿,从扯弓塬
飞向箭眼峡

像李广生前射出的箭
从西汉飞了回来

而在箭眼峡担胡麻的
另一个老汉,扁担曲成了弓
随时有把他射出去的可能

广爷川与仁当川

把成纪水靠西挪挪
搬走铁门槛峡,正好
把广爷川和仁当川拼成一桌

——座席

治平、深沟、李店、余湾、仁大
贾河、阳坡围桌落座
若是北为上席,当属治平
只是深沟、余湾、贾河的席口小点

先用余湾、贾河的热馒头垫底
完了上一盘仁大的炒辣子
然后从上席开始,依次行令
"老虎杠子鸡",谁输了就吃一个
苹果,两山一川的苹果一听
——急红了脸

阳坡

2002年,阳坡合并到仁大
阳坡总感觉在仁大的屋檐下
矮了半截

从此,阳坡梁上的人少了
鸟儿多了。鸟在树上喊:阳坡
青蛙在涝坝里喊:阳坡
蝉在草丛里喊:阳坡

阴坡的接上喊,剌沟湾的接上喊
碌口的接上喊,一直喊到了莲花城
吓得仁大的鸟不敢来赶集

飞地双庙

秦安县好地乡双庙村
被静宁阳坡的几个村庄包裹着
像一片孤立无援的树叶
每天都被静宁的风吹一遍

地理上的偏见可以忽略
比如：静宁的苦子蔓经常趁人不备
伸手摸一把秦安的苦子蔓

也比如：两个说家常的女人
听见货郎喊了一声
"换针换线换颜色"
静宁女人捋了捋长长的头发
双庙女人嘿嘿地笑

金羊沟

几只羊想去葫芦河饮水
听见李家山玉米拔节的声音
扭过头来

几个李家湾的人
本来要去金羊沟取水
听见李家山上有人说话
突然站住,扭头侧听

月光本来过了清水河
听见李家山上狗叫
又回去照了一遍

刘川大桥

从馒头嘴远看:
葫芦河像鞭子抽在大桥上
断成两节
每个从桥上走过的人
重重地挨了一鞭

一只老鹰飞向河西
葫芦河如鲠在喉

葫芦河

那时候,葫芦河从月亮山
出发,直奔我的家乡
清水里鱼群戏动,白云泡澡
后来几近干涸。今年雨水丰沛
河水暴涨,一朵云掉进去
死于非命,连尸体也没有浮上来
如果打捞上来,埋在哪呢?

第五辑 纸上家园

早春二月

每逢二月的好天气
我都要把一堆骨头
抱到院子里
好让二月的阳光
及早找到

一个冬天
它们把骨头里的温暖
用完了

春日，李家山

喇嘛山下，杏花开了

蜜蜂把头埋进花朵
寻找黄金
我错把果园里，埋头
剜菜的女人看成了蜜蜂

这不怨我
她们的姿势过于相似

苹果树半睡半醒
一个小男孩坐在地边上读书
如果鸟儿飞得再低一些
会不会啄走书上的字
他的身后有一条路
一直伸进山下的葫芦河洗手

我还没有看够

落日,使劲要把我的村庄
拽下山去
一座座院落着急点灯
灯火,像黑夜绽放的花朵

关门吹灯,上炕睡觉
梦见云朵变成了花朵
自南方飘来
梦见死去的人喜气洋洋
盘坐在花朵上

如果我半夜起身
会遇见他们

回家

庄子乱哄哄的
一些人老了
一些人长高了
不认识的娃娃越来越多

鸡不打鸣
老鼠不打洞
狗不理人

搬走的一户人家
荒草一直长到院门口
等着主人带它们远走高飞

哦，苹果

晓琦惊讶苹果的红
熊曼惊讶苹果的甜

他们问我
对着万亩果实
何以这般镇定？
我说：我们是自己人

的确，在静宁
推开窗户，眼前
全是熟悉的兄弟姐妹

重构一个村庄

需要重新种上
小麦、玉米、胡麻
让苜蓿花和冰草无节制繁衍
山坡上需要几只绵羊
领头的最好是羝羊

还需要重构一驾马车
装上草料,女人和娃娃
铲掉路上的水泥,让黄土飞扬

打发一只萤火虫
把这些年死去的人,从土里叫出来
打发一阵风
把这些年生的娃娃,哄家里睡觉去

还需要重新虚构:
一个大场,一截土墙根
阳光斜照,鹊上枝头

人都到齐了,让队长说一声:
"春天了,都发芽吧!"

小桃林

像是山坳间
坐着一个心事重重的女人

远处的山,勾肩搭背
一小片桃红,其间晃荡
众山睁大眼睛
恰有群鸟飞过,宛如排扣
锁紧了衣裳

小女子一袭黑衣
恍然间,如小兽敲门
我的神色迷茫
像被桃花一下子看出来了

桃林深处
女儿喊一声:爸爸
就被风送来了
蜜蜂的私语
也被风吹散了

暗香

春天滚鞍下马
结伴而来的花朵
一群风姿绰约的女人
在阳光下绽放

一朵花
因为丑陋,羞于打开
即便如此,我也确信
这良家妇女,身藏暗香

只是,她仅限于午夜的抚摸
一些事物适宜悄悄地开始
又悄悄地结束
趁着月色尚明
她把世界窥了一眼

红土沟

颜色是自己选的
充满了背叛的快意

走过的羊再没有来过
不听话的是水
流着流着就不见了
谁从一眼泉里,提走了月亮

有这么一把红土
把村庄烧得发烫
几棵杏树
战士一样冒火前行
爬到最高处的
被风吹乱了头发

苔藓

它们问过了牡丹：斜阳长什么样？
牡丹不理不睬，所以当牡丹

把甜言蜜语说到天上的时候
它们闭着眼睛。舌头，是苦的
就不好张口。在它们眼里

春天的落日是绿色的
在秋天是黄色的，冬天是白色的
还有着露水和冰凌的光芒

别小视这些幽暗的事物
一旦动了恋爱的心思
也能天昏地暗
你看那些米粒大的花儿
开得多么热烈
一群比米粒还小的虫子
枕着花瓣鼾声四起

篮子里的哭声洒了一路

那时,母亲要走很长一段路
参加生产队集体劳动
她把我提在篮子里,哭声洒了一路
睡意全无,月亮在眼前晃
像一个人翻着白眼
我看见它伸着长长的手
搓洗着母亲踉跄的身影

和母亲说起这些的时候,月亮在上
像四十年前的往事,遥不可及
翻了一下身
母亲说:"你又睡到月光里去了。"
我一惊,赶紧钻进母亲的被窝
月亮,捂着嘴巴诡异地笑

风把草的哭声吹散了

天空高远,众草在哭,谁听见了?
流水匆忙,鱼在哭,谁听见了?
月色冰凉,石头在哭,谁听见了?

白茫茫的风,没心没肺的风
把一浪一浪的哭声吹散了
也把山梁上说话的几个人吹散了

把去年的一坨冰交给风吧
祝它早日苏醒
也把一地胡麻交给风
并祝它们开出细碎的花儿

也祝一股股风跑成一只只鹿
让青草的香味在大地上经年奔跑

藏在黑里的白

都这么白了,仍然俯首爱着
柳絮在飞,仿佛身体的轻找不到
歇脚的地方。由黑变白的过程

约等于风拿着橡皮擦
盯住头上的错别字,疯狂地擦
约等于把羊群赶上了山坡
一片失去力量的草,退避成孤岛
光一打滑,掉下来摔成粉末

善良是白,把白弄成黑
约等于把一只水鸟赶上了芦头
约等于把一片云弄出了心事

母亲坐在门槛上。夕阳用余晖
使劲理解着一个老人的黄昏
我捂着头,怕她看见一片随时飘走的云

那一片云急哭了

走过一座山,家在山背后
走过一百座山,记不起家的模样
走过一千座山,家就成了远方

那么多山加在一起,汇成了大海
山峦起伏,浪一样把一个人推向高处
山背后的烟火变成云,手里拿着家书

它在找我吗?它看上去要急哭了
我梦见好多人在哭,把雨都招来了

小雨天

雨里有笑声
下在院子里
下在父亲的草帽上
一圈一圈,湿漉漉的爱
一直盘到了头顶
我努力接近一场雨
想和它们一起
快乐地落在草帽上

西山上的苹果

所有的苹果
仿佛是同一颗

它们马不停蹄地
红了

致使一只归巢的蜜蜂
误了脚程
抱住一颗苹果死去

这算不算福气?

西山上
落日也加入了苹果的行列
我想,它需要一位主人

起名

进入九月
李老汉频繁做梦:
成熟的苹果
闹着要个名字

菊香、粉香、调红
小红、小花……
仿佛出嫁的孩子

站在眼前
看见一颗干瘪的小苹果
他哽咽着,叫了一声
——水香

苹果事件

在静宁
苹果红了,是个事件

风变成人的样子
坐在果园
是另一个事件

九月,苹果香气
陡峭,风难以穿越

假若你碰见风
撩起她的衣服
红肚兜里一定装着几个苹果

李家山,秋日

要从头再来一次
就应该让死去的人活过来
在大场上碾麦,扬场
让麦颗回到土里,播种人手里
让雨水回到天上,月亮回到水中
让钢筋混凝土的楼房倒塌
伐了苹果树,让五谷飘香,自由交合
让蝴蝶卸下惊艳,潜入毛毛虫体内
让羊肉奔跑出锅,从墙上剥下毛皮
重新披上——这么想着
一个仓廪丰实,牛羊成群的秋天
落在了纸上

花椒红了

天气炙热,猫假寐
父亲喝茶,母亲睡觉
葡萄树汗豆结成了串

孩子急报:沟边上小树林着火
父亲前去探察,原是大红袍花椒红了
众人齐摘,卸了树身上的火
这时,整个村庄看上去凉爽多了

黑狗

老张病故后
黑狗沮丧地站在月牙嘴
举目远望

它的左边炊烟缭绕
右边是几座坟墓
它无法像人一样,借酒消愁
看醉醺醺的落日遁入西山

槐树

百年古槐,树体高大
树上的鸟儿不敢大声说话
恐怕惊了疾飞的兄弟姐妹

几朵云下马端详,忘了出行
花沟庄大旱,李家山得了一场偏雨

菜园

刚才,菜园子里一定发生了不愉快的事
西红柿涨红了脸,茄子气得发紫
韭菜宁可断头也不学小麦抽穗
大蒜的心碎成了几瓣
南瓜挨西瓜坐着,就是不认冬瓜作兄弟
黄瓜听罢蔫了,自语道:
"本是同门中人,何必呢?"
辣子放出狠话:"等油熟了再说。"

只有野生的马奶头
让一只嗷嗷待哺的羊羔激动不已

几只闲鸟

人多忙事,春播秋收
喜鹊要报喜,布谷要报农时
燕子要生儿育女
几只麻雀,吵得人心烦
我令它们收了翅膀,剃了头
关进山神庙静心修行

雨天

屋檐上的瓦片,不用凿磨
像手锯一样锋利
一片云路过,被瓦檐锯了几下
雨像锯末一样飞溅

月戏人间

桶里水干了,月亮不见了
二哥看它又进了水窖
急骂一旁的大黄狗
"怎么不拦住它"

月亮落在喇嘛山上
和山连为一体
像一袭白纱连衣的少女
万家灯火在裙摆上
开成了橘红的小花
小鸟如鱼,收紧翅膀

只是,天刚见亮
一挥长袖,一甩裙摆
包括二哥的鼾声
齐刷刷落了地

想起一只老鼠

三十年前,我十岁
它也年轻,身手敏捷
因为口粮,差点要了它的命

现在,它是不是头发花白
儿孙绕膝,是不是过了短暂的更年期
身患"三高",长满了中年的战栗

家有粮食万石,谁愿落草为寇
黑猫都放下了研鞠,我又何必计较
不知它,可否出来一叙?

蚂蚁觅食

蜜蜂用花粉泡脚
蚂蚁在烈日下流汗

半个下午
一只蚂蚁拖运一条白蛆
这一段距离
相当于甘肃到新疆的距离

父亲断言,这只蚂蚁会得到重奖
我不以为然,它只是小卒而已——

你看,穴前已经有两个窃功的家伙
笑嘻嘻地迎上来了

大地后宫

三宫六院七十二嫔妃
她们是小麦,玉米,洋芋
胡麻,荞麦……

那令小麦受宠的
也必令苹果受宠
苹果得宠,小麦娘娘入了冷宫

等我熟睡,谷仓里的麦粒相拥而泣
苹果舌尖蠕动,秘密靠近一场婚宴
油葵伸长了耳朵,却装聋作哑
风——正交替着滚滚而来

就在今夜

羊蹄子刨土
草顶住了西天

石头听见嚼草声
滚过去,磕疼了风的牙
一片叶子裹紧虫豸
想睡个安稳觉
月光亮得不行

它抬头仰望
想把月亮掏空
做一枚戒指,送给娘亲

娘喊了三声
我才应了一声
娘肯定在梦里
听见了羊吃草的声音

秋天的果园

"一松手,打盹的鸟儿
弹上了天"
"红汗衫女人借我一盒
胭粉,没有还"

秋风吹来
苹果树打了一个寒战
说话的苹果抱成了团

不久,果园将被掏空
苹果们也将执命天涯
每一棵苹果树
会拼命让叶子枯黄

以此,表达内心的绝望
那时,片片黄叶,咒符般翻飞

忽然想起,姐姐出嫁时

母亲就像一棵沉默的苹果树
潦草地站在风中

羊产下羊羔

高高山上一圈羊
羊下羊羔

谁走漏了风声
狗尾巴探进了圈门

还有兔子
带着风钻进了树林

一把草
正在返青的路上

苹果上的名字

第一次夜不归宿
第一次抱着露水睡觉
第一次红着脸靠近

一个陌生人。也是
第一次赞美,秋天的果园

他们坐在枝头,夜不能寐
服下日月星辰,脸色红润
她们尝试着用微笑去迎接
生活的暴脾气

我吸足一口气
想把她们中的一个喊下来
说说秋日的疲惫

并送她一句心仪的话:

天气好的时候,出来转转
让一棵年轻的苹果树
喜欢一次

中秋夜

南方有个月亮
漂在水上

雨敲锣，风打更
萤火虫吞下万家灯
狗嘴上月球滚动

北方有个月亮
站在院墙上

蜜装瓦罐
月亮伸长舌头舔
父亲赶紧用草帽捂严
急得月光打转

风，呼啦啦笑着
从北方吹到了南方

所有的光正弃我们而去

院子里,快乐难挨
女儿也在其中
恰似幼小青虫
需要抚摸

我站在阳台上
阳光游走,弃我而去
我被放下,遗忘

你看,秋至深处
多少人正伏地而黄

对于一个时日不多的老人
太阳,何尝不是一颗
转瞬溃烂的果实

秋风漫过

一条青虫
从白菜叶上走下来
像一个修行的喇嘛
下了山

草色渐黄

"为什么,还没遇见你
就要死在路上?"

时已入秋,一棵草想跟着风
去冬天遭遇一场大雪
风呼啦啦地走了

衣单地寒。一只鸟儿
钻进草丛,草身子热乎了一下
可否借一根羽毛,任其走远

可惜了
——这一副好心肠
这让我突然想起,一只羊羔
一出世就抱住了青草

深秋之夜

十单不如一棉
一棉不如腰上一缠
蚂蚁紧了紧腰身
迎风前行

它看见野棉花
白白净净
上面睡着月亮的凉身子

它还看见一条路
把村庄的肉身子一捆再捆

想念一种鸟儿

烦一只麻雀
别用弹弓打,筛子罩
更别拴根细绳拉上遛

最好用高贵、典雅
大方、得体这样的词
夸它

直到它不好意思
闭上嘴巴
傻乎乎地站在你肩上
站在晨光里

这时,你可以打个喷嚏
吓得它和它们
扑棱棱,拔地而起
把天空戳成一面筛子

远远地,你听着
它们一遍又一遍地
把你叫骂

秋日漫长

柳树,准备抽出鞭子
活着,是随时准备
发黄的叶子,几处斑点
像在人世犯下的一个个错

无数叶片,衣衫单薄
像无数个失魂落魄的人

窗台上一本书,字字寒凉
头顶云团慢行,装着
多少人的万般愁肠

万物皈依,躲过秋风追杀
我在远山
为谁?植下一团胭脂

风遇上醉汉

风在仁大川,崴了脚
左闪右闪,躲不过一个
醉汉

"到了李家山,耳朵伸展
两滴露水,站在苹果上
唱得正酣"

"不信,不信"

醉汉拧住风的胳膊
掏出一颗苹果
按在嘴上,"不信
就给你上——辣子面"

"我吃我吃,吃还不行吗?"

三十年前的一个晚上

一家六口挤在土炕上
我们附和父亲,鼾声起伏

煤油灯下,母亲缝缝补补
影如草垛,忽明忽暗的灯光
像要把她点燃。一束光逃离灯头
落在母亲的豁牙上,闪着光

炕沿地平线一样舒展
我们盖着被子,隆起一个个小山包
我们在山这边,母亲在山那边

油灯,摇摇欲坠
母亲用针在灯头上剜了一下
把它从地平线上打捞上来

此刻,我想变成一只鸟

小时候,放学回家
炊烟,像母亲的手臂
在空中招手

刚才,我看见
一座城市的炊烟
如黑夜的兽
在天空张牙舞爪

家里冰冷,我忽然想起
一只鸟,想起达尔文的进化论

明天,我们会不会
变成一个个羽毛蕃庑的大鸟
打着喷嚏,走在街上
握握手,心平气和地问声
"兄弟早安!"

乡村秘密

枝头的鸟,想叫就叫
好像不这样叫
小麦不知道黄,人不知道磨镰
想飞就飞不走了

路边的野花,想开就开
好像不这样开
羊就把它吃了,难以倾诉
想败就败不了了

遇见好听的鸟鸣,我就多听一会
遇见好看的花,多摘几朵

那条路感觉不对劲
借着夜色,想收就收了
害怕我一迈腿走了
带着一个村庄好听的声音
好看的样子,走远了就丢了

露天电影

上一次,解放军和敌人打仗
扔了半晚上手雷
炸不开情侣们牵在一起的手
这一次,一个,一个
不是一个又一个小男孩
拿着奶奶的手机,摆马步对着屏幕
看见有孩子出来就拍一下
半晚上,他拍了一大堆小伙伴

上一次,我站在放映机前
影子钻进狼烟烽火的战场
敌人看见我的影子找不见人
急得团团转
这一次,我看见这几个老人
身影单薄,加起来
也填不满这块白晃晃的窟窿

蓝蓝的天

天空为什么那么蓝

一定是屋顶的瓦,鱼鳞一样
招惹了南方的海
鱼鳞一样的瓦
把蓝天上的几朵云
也当成了前来搭救它们的人

碌碡

没有倾心的麦子可以碾压
碌碡像个闲人
闲下来的碌碡
喜欢和自己较劲
把影子从东挪到西

有那么一阵
它以为站在身上的麻雀
是一粒陈年的麦颗
还有那么一阵
它把自己压在身下
"哦,我看见了自己丰满的臀部"

西湾寄意

西湾天蓝,几片瓦楞云
不肯离开,像在等一个人

阳光挤着阳光
坐满赵会勤家的院子
也像在等一个人

路边的柳树,消息更灵通
早就摆好了阴凉

果园里,缅甸来的女人王根花
教一个叫杨显惠的老先生
种苹果

如果前面的那座小山包
稍微抬一下头
我就会看见三个种苹果的人

如果天上的瓦楞云
肯下来,就会有四个、五个
六个……种苹果的人

我看见了黄土下面的村庄

每年这个时候
会被春风押解回乡

苹果树要开花
苜蓿芽要返青
虫豸要踢破天
它们做的这些事情
我已经做不来了

就去祖坟看看
打理一下祖上的家业
坟院长满蒿草、莓子蔓

蒿草、莓子蔓
和苹果花、苜蓿芽、虫豸
一样。它们的内心也有诗
与远方。只是和我的不大一样

它们不想从前的人和事
可我看见了黄土下面的村庄
先人们坐在草尖上看着
我不敢轻易老去
也不敢抬脚进去

后记

　　生活有时需要大声说出来，而我选择了低吟浅唱、喃喃自语。表达情感的方式有很多种，而我偏爱诗歌更多一些。

　　这些诗歌写于 2018—2019 年，有写我的家乡李家山的、有写地方文化遗存的、有写亲情的、也有写远行的。我一再努力用诗歌靠近它们，像父亲一样，不断翻耕着脚下这片土地，将记忆深处的东西唤醒。通过编排，让它们在我的眼前重新立起来，让死去的人重新活过来。我知道，做得还远远不够，但我会一直做下去。

　　每年都要出去走走，并用诗歌的形式记录下来，仅仅只是为了在未来的某一天，回头看的时候，那些我曾经去过的地方，仍然新鲜如初。

　　一直觉得自己像蚂蚁更多一些，每天不停地搬运着文字，这些力气积攒在一起，我觉得举起一头牛应该不在话下。我怯生生地窥探着这个世界，和蚂蚁一样束紧腰身，也许只是为了与眼前的生活殊死一搏。

　　由于视野、才智、技法等方面的原因，这些诗作还显幼稚，之所以把它们"一网打尽"，收录其中，是怕有一天，连我自己都看不起它们了。结集在一起，以免失散、也免抛弃。或好或次,都是亲生的。由此,这些诗作也是私己的。

写诗于我已是习惯使然,也是灵魂所需。马走过的路叫路,蚂蚁走过的路也叫路,我正大汗淋漓地走在蚂蚁走过的路上。春要开花,秋要结果,我要写诗,都是在向生命致敬!

在此,也向为这本诗集作序的周所同老师致谢。老先生一口答应是我想到的,他身上的亲和力是他自己无法克制的,这一点同样被我想到了,也被我轻而易举地利用了!他说每每从机场出来,看见抽烟的人,就像遇上亲人。我便是那个一手拿打火机,一手拿诗稿的人。

陈宝全
2019 年 12 月 25 日于静宁